Alla vita che abbiamo perduto

L'uomo cane

Capitolo 1

Il treno come ogni volta stava dando a Gavino quel particolare senso di gioia che egli non riusciva a raggiungere in nessun'altro modo. Aveva sempre amato quel modo singolare di procedere col quale questo ammasso di ferraglia poteva compiere il miracolo di un viaggio, attraverso valli e colline. La novità era che stavolta il viaggio non lo avrebbe più riportato indietro. L'orologio segnava le venti e quindici...

– Mi scusi sa dirmi che ore sono? – chiese una signora che gli stava seduta accanto.

– Posso dirglielo senzalto, ma lei me lo chieda in un altro modo.

Silenzio.

– Non ce l'ho con lei personalmente, ma solo con chi si concede di fare sempre le stese cose... e di dire le stesse cose sempre nello stesso modo.

In quello scompartimento non vi era nessun altro al di fuori di Gavino e della signora. E così quest'ultima credette di essere davvero in pericolo. Ma fu Gavino a sollevarla da quella imbarazzante sofferenza.

– Sono le venti e diciassette... non mi tema sono innocuo.

Detto questo si alzò, uscì dallo scompartimento e si mise a guardare attraverso il vetro sporco-opaco del finestrino. Le luci delle case in lontananza lo avevano sempre emozionato.

– Le luci delle case lontane sono come quelle delle barche che pescano la sera – pensava anche stavolta Gavino.

– Mi dica, ha bisogno di aiuto? – chiese la signora, che nel frattempo lo aveva raggiunto.

Gavino si girò e la guardò negli occhi. Era uno sguardo dolce teneramente circondato da simmetriche rughe.

– Se le dico che sto bene lei penserà che sono un po' matto. Comunque sto benone... in fondo mi ci dovrò abituare a essere preso per matto. La prego ritorniamo nel nostro scompartimento...

La signora si sedette non molto elegantemente e Gavino continuò a parlare.

– Lei immagino che stia raggiungendo qualcosa o qualcuno.

– Sì, mio marito. E lei?

– Nessuno. Niente. Ho davvero deciso di scappare. Ecco sì, c'è una cosa che devo raggiungere... la terra ferma, per ora sto galleggiando. Mi sento un eroe. Solamente uno su un milione si concede di galleggiare in questo modo. Lei ce l'ha una casa?

La signora era davvero preoccupata, ma non più per se stessa. Del resto cosa ne poteva mai sapere di un ingegnere che smetteva per sempre di calcolare le deviazioni termiche del punto di riposo di un transistore. Lo guardava col batticuore senza sapere se rispondere, se andarsene o se offrirgli una carezza.

– Biglietti prego!

Fu una fortuna l'intervento del controllore. La sua statica ripetitività dei gesti cozzava terribilmente col comportamento bizzarro di Gavino, che lo guardava come aveva già guardato prima la signora. Era ormai chiaro che quel ragazzo un po' matto era 'impazzito' da poco. Quando il controllore se ne andò la signora chiese:

– Perché lei scappa via?

– Perché sono le ventuno e due minuti. Domani a quest'ora non so proprio dove sarò. La nostra vita è come un album di figurine. Non possiamo permetterci di riempirla di doppioni. Quante volte lei ha visto suo marito prendere il caffè la mattina? Troppi doppioni...

Parole sempre più pesanti... la signora si era un po' annoiata di ascoltare questi discorsi e anche Gavino sentiva di recitare una parte. Fece silenzio. Spense la luce dello scompartimento e pensò di essere un oggetto fuori posto. Ebbe paura.

*** ***

Sceso dalla stazione, il giorno dopo, Gavino sentì di avere un alito pesantissimo. Doveva essere davvero così perché quando si salutò con la signora questa, sebbene gentilissima, sembrava trattenere il fiato. Il suo sguardo non era più tanto dolce e quelle rughe non più simmetriche come la sera prima. Gavino si diresse verso i bagni e occupò il primo lavandino libero. Lo specchio restituiva un'immagine un po' sconvolta, ma piena di passione. Il viso magro, la barbetta a chiazze e i capelli senza forma lo facevano assomigliare all'incrocio tra un uomo e un cane randagio. Fuori dal bagno e dalla stazione non si sentì così libero come avrebbe sperato, però, incominciò ad assaporare il gusto di essere nei guai. Camminava per la città con la chitarra a tracollo, unico bagaglio; fiero come un soldato, ma senza sapere nulla del nemico. In quella Teste così tanto sognata vi erano strade e negozi, gente a passeggio, automobili normalissime... insomma tutto ciò che Gavino aveva da poco lasciato.

– Da qualche punto bisognava pur iniziare – pensò l'uomo-cane. Si sedette sotto un portico e cominciò a cantare. Alla sera aveva i soldi per mangiare, ma non per dormire. Camminò. La piazza era quasi vuota e lui al centro. Quel panino aveva sapore di luci., quel vino sapeva di sudore.

***

La sera dopo lo stesso panino e le stesse luci...

– Così non va! Non posso anche qui collezionare doppioni.

Si alzò e evitò di dirigersi a sinistra verso il piccolo parco che lo aveva accolto la notte prima. Andò a destra. Un vicolo... rumore di posate e di giorni tutti uguali. Odore di arrosto... la vita che si brucia. La Teste povera sapeva di terra. Un altro vicolo... una grande piazza. Non più eroe, ma profugo... Gavino era emozionato. Pensò a quella signora senza nome del treno e sentì tutto sommato di avere scelto il meglio. Un 'meglio' certo molto relativo. Da quel giorno in poi le incertezze materiali lo avrebbero occupato interamente. Si sentì a un tratto meno uomo e tuttavia meno solo. Ogni cellula si dava da fare per andare avanti, ogni organo del proprio corpo al comando di una macchina non perfetta piena di esigenze e con relativamente poche possibilità di adattarsi. Davanti a sé solo la vita: un treno in corsa che non poteva che proseguire verso la direzione già impressa ai tempi della partenza. Una direzione obbligata, ora la sola possibile per evitare di deragliare. Senza libertà alcuna... tra una piazza e un' altra cambiava solo il nome e non contava davvero nulla sapere leggere.

La vita da barbone non faceva per Gavino. Egli si rese presto conto che se voleva soltanto sopravvivere, non era necessario suonare e cantare. Quella chitarra con due corde rotte era soltanto un pretesto. Gavino non cantava più. Si metteva lì a far finta di suonare e i giorni passavano ugualmente.

Capitolo 2

Piena estate. Quella mattina Gavino aveva dormito nel solito posto, un casolare abbandonato. Fu svegliato da un cane che gli leccava la faccia. Gavino però non era un uomo finito. Pensava ancora. Guardò il cane e poi lo cacciò via a sassate.

– Deve capire che questo è il mio posto, povera bestia.

Poi uscì e guardò il solito campetto di erba, ormai ingiallita.

– Prima o poi i miei capelli saranno bianchi – pensò tristemente. Erano molti giorni che non si guardava allo specchio, ossia da quando si era visto mezzo cane in un bagno della stazione di Teste. Quella vita da barbone sentiva di non meritarla. Ogni sera, prima di dormire, e ogni mattina, appena sveglio, la tentazione era sempre quella di pensare al passato. Quei brutti giorni da ingegnere assomigliavano persino troppo alla vita di ora: una ripetizione dopo l'altra e i cambiamenti segnavano solo l'inizio di altre ripetizioni. Tanto valeva... ma non bisognava proprio pensarci.

Arrivato in città e giunto nella piazzetta-lavoro mise il piattino e aspettò le offerte. La chitarra.non l'aveva nemmeno più. Un tintinnio ogni tanto...“ c'è chi pesca i pesci, io pesco i soldi” pensava Gavino.

A un tratto si accorse che qualcuno aveva accentrato verso sé l'attenzione. Le persone di quella piazza si facevano a cerchio e aspettavano probabilmente qualche esibizione. Un leggero venticello fece sì che Gavino arcuisse il pensiero che fino ad allora, come spesso gli accadeva, era restato intorpidito. Pensò che era stupido starsene lì seduto e si diresse verso il cerchio costituito. Al centro due personaggi vestiti in maniera bizzarra stavano già cantando e suonando. Lei danzava e cantava contemporaneamente, lui suonava la chitarra e intonava con lei alcuni coretti. La cosa che più piaceva era quella danza così tanto lenta e sinuosa che sembrava studiata per minimizzare i movimenti e al contempo massimizzare l'effetto. In realtà invece non poteva che essere un dono naturale quello che rendeva la ragazza tanto ipnotica e sensuale. Gavino guardava lei, ma anche lui, che sembrava sostenerla e proteggerla. Osservò come era curato l'abbigliamento dei due e si sentì terribilmente sporco e malvestito. Assaporò per un attimo il gusto del viaggio come quando in treno non pensava che a galleggiare. Presto dimenticò persino la propria condizione assai misera e meschina. Lo spettacolo era prossimo alla conclusione. Lei infatti aveva smesso di danzare e lui si esibiva in un solo di chitarra. Gavino sentì un dolore profondo strappargli in una sola volta tutte le viscere ormai marcite e si sentì rinascere, più debole di prima, però assai più dignitoso. E così mentre il chitarrista proponeva le sue belle armonie, dal cerchio di curiosi si levò un canto così melodioso da sembrare davvero studiato per quella linea di chitarra. Il cerchio si allargò e Gavino presto si trovò al centro. Il chitarrista sembrò gradire tantissimo questa pazza improvvisazione e difatti si lasciò andare anch'egli in un una session improvvisata. L'applauso finale fu una conclusione necessaria e anzi direi ovvia della generosità con la quale i due si erano offerti. La gente di Teste aveva scoperto che qella barba a chiazze dello straccione e quei capelli unti e informi nascondevano una testa vera. Una nuvola di monetine piovve sui tre artisti e il cerchio lentamente si dileguò. La danzatrice raccolse con soddisfazione le monete da terra mentre l'uomo-cane la guardava con tenerezza.

– Canti molto bene – disse il chitarrista a Gavino – una parte di questi soldi ti spetta. Perché sei finito così? Potresti fare certamente qualcosa per non ridurti in questo stato. Quantomeno meriti un letto in cui dormire.

Gavino guardava in alto e gli brillavano gli occhi. Sentiva l'odore acre dei propri vestiti e non osava guardare nulla di sé. Se avesse abbassato lo sguardo si sarebbe scoperto un uomo finito. Non avrebbe più trovato la forza di dire quello che disse.

— So che non mi crederete. Un mese fa lavoravo alla F.Y.T. e indossavo giacca e cravatta. Avevo più che un letto e poi il tempo di svagarmi tra tette, moto e amici. Adesso non ho nulla e questo inverno forse morirò di freddo. Non mi chiedete perché sono finito così. Non saprei che dire... posso dire soltanto che, malgrado le apparenze, la mia vita non è cambiata quasi per nulla.

— Noi siamo Umberto e Cristina.

— Io sono Gavino.

Capitolo 3

Gavino, Umberto e Cristina passarono il pomeriggio assieme. Ora erano lì, in una piccola trattoria dai colori molto rustici, a parte le sedie in plastica ai lati di sei tavolini in legno. Tutti vuoti tranne quello più in fondo in cui avevano preso posto i nostri tre amici. Parlava Cristina.

– Questa notte vieni a dormire con noi, in una piccola pensioncina. Ti potrai lavare e sistemare un po' altrimenti sarai destinato a non mettere più piede in nessun posto. Non deve essere stato bello quando il padrone di questa bettola ti ha detto di non entrare.

La voce di Cristina non era come quella di una mamma che decide per il bene del suo bambino. Sembrava piuttosto il tono di una compagna di partito che pensa e decide per il bene del partito stesso. Questo fece sentire Gavino piuttosto contento, anche se trovò che era doveroso replicare piuttosto duramente.

– Non posso. Non ho i soldi e non voglio che voi me li prestiate. Vi ringrazio già di cuore per questa cena.

Detto questo l'atmosfera si incupì. Agli occhi di Gavino Cristina era bellissima, Umberto era un eroe e tutto il resto faceva schifo, compreso se stesso. Il cibo era diventato nauseante.

– Come credi! – rispose Umberto – Se cambi idea vienici a trovare. Ci farà solo piacere, rimaniamo in città ancora una settimana.

Si sentì un rumore forte di vetro in frantumi e Gavino si girò per vedere cosa era successo: un bicchiere in mille pezzi. Quando Gavino si rigirò incontrò lo sguardo di Cristina. Quello sguardo sembrava invitarlo ad accettare la proposta. In effetti qualsiasi altra parola sarebbe stata inefficace, ma quegli occhi verdi erano un ultimatum al quale Gavino non seppe ubbidire.

– Vi ringrazio di cuore, ma adesso è tardi... devo raggiungere il posto dove dormo e sono un po' stanco.

Quando rimasero soli, Cristina e Umberto ebbero come il senso di essere stati abbandonati. Non sapevano dove Gavino andava a dormire e sentivano già di averlo perso.

Ma l'uomo-cane era più furbo di quanto sembrava. Aveva gradito la compagnia dei due e sapeva che li avrebbe rivisti in piazza il giorno dopo. E così, prima di arrivare a casa, Gavino ebbe la bella sensazione di avere vissuto qualcosa di diverso. Un pomeriggio davvero strano e una serata del tutto imprevista. Forse era il giorno più importante della sua nuova vita. Arrivato a "casa" guardò ogni angolo riscoprendo lo squallore che per quasi un mese lo aveva accecato. Pensò di avere messo i piedi troppo per terra e che bisognava tornare a galleggiare.

– Da domani vivrò con Cristina e Umberto.

Capitolo 4

Il giorno seguente la piazza era un po'come tutti i giorni. Solo che Gavino stava lì seduto col piattino fra le gambe mentre i due girovaghi eseguivano il piccolo spettacolo. Si era formato anche stavolta il cerchio di spettatori e Gavino lo guardava da lontano, immaginando di esserne al centro. Capì comunque che per intanto doveva starsene lì a galleggiare senza invischiarsi nella realtà. Ebbe un pensiero dolce per Cristina e uno slancio di stima nei confronti di Umberto. Quando lo spettacolo finì Gavino si alzò e andò a svuotare il proprio piattino su quello dei due.

– Se volete resto con voi – disse con una certa convinzione. Incontrò per primo lo sguardo di Umberto ed era uno sguardo rassicurante. Cristina sembrò essere contenta anche se arrossì e non disse una parola.

– Oggi abbiamo guadagnato la metà di ieri – disse Umberto a Gavino – e poi hai svuotato il tuo piattino sul nostro... ormai siamo soci.

I due uomini si strinsero la mano mentre lei li guardava con un sorriso strano.

– Tu cosa ne pensi Cristina? – disse Umberto.

– Bisognerà parlare tutti e tre assieme di come gestire le cose altrimenti finiremo con l'improvvisare gli spettacoli. Comunque mi fa piacere se ci espandiamo. Gavino è un talento.

Fu un intervento un po' brusco e la voce di lei sembrava senza anima. Questo non piacque a Gavino che tutto ad un tratto smise di galleggiare. Ritornò coi piedi per terra e disse:

– Se non ne siete convinti io mi tiro indietro.

Tuttavia l'odore acre dei propri vestiti faceva stare Gavino in imbarazzo e non si sentiva più leggittimato a essere orgoglioso. Era una sceneggiata che anch'egli aveva recitato molto male.

– Finiamola con queste stupidaggini. – disse Umberto – questo pomeriggio proveremo il nuovo spettacolo. Se non ci viene bene al limite improvvisiamo, almeno le prime volte...

– Sono d'accordo – disse Cristina e Gavino sorrise.

Dopo le prove i tre erano già molto affiatati. La chitarra di Umberto, la voce di Gavino e la danza di Cristina si amalgamavano a meraviglia. Il pomeriggio si concluse in un mercatino dove Gavino comprò gli abiti "da lavoro" e costarono quattro lire. Egli fu contento di aver potuto scegliere autonomamente tra quei cumuli di robba usata. Nella strada che li avrebbe portati alla pensioncina, ebbe la strana impressione che il tempo non gli pesasse affatto. Quei minuti erano un concentrato di sensazioni e camminare era viaggiare, guardare era vedere, sentire era ascoltare. Ricordò i giochi d'infanzia: sempre gli stessi e vissuti ogni volta in maniera differente. Al ritorno dal bilardo erano sensazioni sempre diverse. C'era il giorno in cui perdeva, quello in cui vinceva per fortuna e quello in cui la vittoria era davvero meritata. La strada del ritorno faceva da cornice sempre uguale ai visi dei piccoli amici che cambiavano sempre e questo riempiva di magia la ripetitività.

Cristina rallentò il passo per accostarsi a Gavino, mentre Umberto a questo punto si trovava davanti a loro e li guidava.

– Sei molto assorto nei tuoi pensieri. Devi essere un ragazzo intelligente perché hai una ruga molto pronunciata in mezzo agli occhi. È la ruga di chi pensa molto.

– Chi pensa molto non sempre è intelligente. Anzi, è intelligente chi pensa poco e agisce molto. Il mio cervello funziona ogni volta che dovrei funzionare io, è questo il mio più grosso limite.

Cristina cercava di immaginarlo pulito e sbarbato, con indumenti decenti e senza quella puzza addosso. Non sembrava un idealista da quello che diceva però aveva l'atteggiamento di chi sa proteggere gli altri con la forza dei sogni. Le sue parole cozzavano piacevolmente con le sue espressioni. Cristina sorrideva.

– Perché ridi?

– Perché ho capito il motivo che ti ha fatto fuggire dal tuo lavoro, dalla tua casa e dalla tua città.

– Sentiamo.

– Una delusione con qualche ragazza. Se è così temo che guarirai presto e te ne ritornerai da dove sei venuto. Io e Umberto forse con te perdiamo solo tempo.

Queste parole uscivano dalla bocca di Cristina così fluide e armoniose che ricordavano il suo modo di ballare. Una cadenza tanto ipnotica lei non l'aveva mai avuta. Sembrava stesse recitando a meraviglia, davvero con molta convinzione.

– Credo di essere stato io semmai a deludere qualche ragazza. Ma non ci giurerei affatto.

Arrivati alla pensione, i due videro Umberto (che nel frattempo era andato avanti) parlare col portiere. Avvicinandosi sentirono che il colloquio verteva proprio sulla sistemazione di Gavino.

– Non ci sono stanze libere – Disse Umberto – per cui questa notte dormirai con noi. Ci facciamo mettere una brandina.

Era un posto molto buio con luci giallognole agli angole delle sporche pareti. Si sentiva l'odore di frittura di pesce e il grasso portiere non si formalizzava quando, frequentemente, sentiva il bisogno di rilasciare piccoli rutti. Gavino era un mese che non metteva piede in un posto così lussuoso, a parte la trattoria del giorno precedente. Era da un mese che aspettava questo momento.

La piccola stanzetta, rispetto all'ingresso, era più carina e più curata nei particolari. Alcuni quadretti in maniera molto asimmetrica ricoprivano le pareti verdine. Un lume in un tavolino era l'unica luce disponibile perché il lampadario, a detta di Umberto, era guasto.

– Ho provato a cambiare la lampadina, ma niente...

Arrivò un ragazzino butterato e mise una brandina tra il letto matrimoniale e la finestra. Un paio di coperte avrebbero fatto da materasso. Il letto di Gavino era fatto.

– Tieni – disse Cristina a Gavino, porgendogli del sapone – dovrebbe bastare. Le docce sono al primo piano. Prendi anche questo asciugamani e usalo da accappatoio.

L'acqua era fredda e questo all'inizio fu per Gavino motivo di grande godimento. Lo sporco colava come un ospite indesiderato e cacciato via con violenza. Se ne andava così per come era arrivato, un nero che sembrava ormai abituato a incrostare quel corpo da ingegnere mancato. In bocca quell'acqua era terribile e sapeva di ferro. Al termine della doccia però Gavino non si sentiva affatto contento di essersi sgrassato. Gli sembrava di avere ceduto ad una implicita scommessa con se stesso che lo avrebbe voluto sporco per più tempo possibile. Attraverso lo specchio lineato del bagno, il volto sembrava ancora quello di un uomo-cane. La barba però era cresciuta e così prevaleva il cane sull'uomo. Poi vedendosi la collanina ancora appesa al collo Gavino ricordò Lisa e il momento in cui gliela aveva regalata.

– Forse dovrei scriverle una lettera – pensò con rammarico – ma per dirle che cosa? Sa che sono fuggito e mi sembra tutto ciò che deve sapere. Potrei dirle che sto bene...

Il pensiero di Lisa gli oscurò l'animo. Era la prima volta, da quando era partito, che pensava seriamente al passato. Quella pelle ripulita lo aveva completamente distratto dai pensieri di rivalsa e rinascita che lo facevano sognare, appena prima della doccia. Adesso si sentiva come al punto di partenza, con la solita pelle bianca e il solito bisogno di avvolgerla sui fianchi di Lisa.

Quando tornò in camera Umberto e Cristina rimasero davvero colpiti dal modo in cui egli si presentò. Aveva i capelli ancora bagnati e tirati all'indietro. Quel viso ripulito dalle incrostazioni era davvero di un ingegnere. Cristina sussurrò:

– Forse andavi meglio prima, scenograficamente parlando. I capelli pazzi ti donano di più.

– Non è questo che non va, cari amici. Il fatto è che ho sicuramente la faccia che avevo qualche tempo fa. La doccia ha lavato via anche l'espressione che, a fatica, mi sono costruito durante l'ultimo mese. Ho pensato al passato...

Umberto e Cristina finirono col ridere per la serietà con la quale Gavino diceva quelle cose.

Si mangiò e si andò presto a dormire.

– Domani è il giorno del nuovo spettacolo – disse Umberto – dobbiamo essere ben riposati.

La notte passò in fretta seppure all'inizio Gavino stentava a prendere sonno. Mentre guardava Umberto e Cristina dormire abbracciati pensava a Lisa. Questo pensiero però era talmente noioso che Gavino non stentò a prendere sonno.

Capitolo 5

Lo spettacolo andò benissimo e i tre furono entusiasti di avere racimolato un bel gruzzoletto. Durante l'esibizione il canto di Gavino sembrava quello di un cane innamorato. Mentre Cristina ballava lui l'aveva guardata e anche un po' desiderata. La chitarra di Umberto era invece una presenza dominante, il ricordo di una realtà che al contrario di inibire stimola l'esasperazione. Quando finì il concerto i tre smisero di vivere e ricominciarono a recitare.

– È andata bene – disse Umberto.

L'attenzione di Gavino era catturata da un gatto randagio che consumava il proprio pasto. Poi si girò e vide che Cristina lo stava guardando. L'imbarazzo di lei fu risolto da una affermazione piuttosto scontata:

– Hai cantato bene.. bravo.

Umberto stava sistemando la chitarra nel fodero. Agli occhi di Gavino non era più un eroe, ma soltanto un uomo in pericolo. La sua donna si stava sbilanciando e rischiava di cadere.

In realtà la mente di Gavino era stata sempre troppo pronta a fantasticare sui pochi appigli offerti dalla realtà... un difetto che egli stesso sapeva di avere. Tuttavia quel modo di fantasticare gli dava sicurezza... Cristina spesso lo guardava e questo per lui era già un segno di qualcosa di più grande. Ma lei, piuttosto, provava la sola forte curiosità di capire i sentimenti di un matto che ora, senza ufficio e senza capo, non era più niente. A volte Gavino sembrava del tutto privo di emozioni. Eppure doveva pur esserci qualcosa dentro che non lo faceva desistere da quei giorni da giramondo. Questo qualcosa non traspariva affatto neanche nei momenti più significativi come appunto in questo caso la fine del loro primo vero concerto. Lei lo aveva osservato inchinarsi al pubblico e subito dopo rimanere impassibile a guardare un gattino. Avrebbe dato un occhio della testa per capire cosa stesse pensando. Resistette per poco a questa tentazione:

— A cosa pensi? — chiese Cristina con delicatezza.

— Stavo riflettendo sul modo in cui mi guardi! — rispose Gavino.

— Ti guardo per vedere se per sbaglio tradisci qualche emozione. Sei impermeabile... a volte un po' inquietante...

Gavino non ascoltava affatto quelle parole perché le aveva sentite già troppe volte. Lisa gliele aveva ripetute in continuazione quando ancora non stavano assieme.

— Mi ricordi una ragazza che diceva di amarmi... a volte proprio non la sopportavo. Era attaccata ad un'immagine di me che le avevo inculcato quando dovetti conquistarla. Non fu più possibile farle cambiare idea. Ormai credeva di conoscermi...

— Ma se ti sto dicendo l'esatto contrario! Io non ti conosco affatto! — disse lei certa di averlo fregato.

– Mi ricordi Lisa perché anche tu come lei vorresti che io ti parlassi di me. Dovrei sforzarmi e non ne ho nessuna voglia.

Cristina rimase molto infastidita dal modo antipatico in cui Gavino le stava rivolgendo la parola. Se un momento prima sperava che lui si aprisse al dialogo ora invece avrebbe preferito non averlo mai ascoltato... addirittura neanche mai incontrato. Arrivò Umberto che aveva finito di mettere in una valigia i piccoli oggetti che abbellivano lo spettacolo e disse con un sorriso un po' forzzato:

– Invece di chiaccherare potevate darmi una mano.

– Sì, scusaci – rispose Cristina – stavamo discutendo dello spettacolo.

– Infatti – ribadì Gavino – abbiamo deciso di fare a meno di te. Anche io so suonare la chitarra!

– Se vuoi scappare con Cristina fallo pure... mi fai un piacere, me ne cerco un'altra.

I tre continuarono per un po' a fare battute di questo tipo. Tra una risatina e l'altra vi era qualcosa che spingeva Gavino a voltarsi verso Cristina. Lei invece, del tutto naturalmente, aveva smesso di osservarlo.

Capitolo 6

Arrivati alla pensione, posate valigia e chitarra, i tre concordarono di andare a trovare una ragazza di Teste amica di Cristina. Liliana era una studentessa di biologia, piuttosto sempliciotta che, con un'aria un po'superficiale, amava ridere e dire parolacce. La sua vecchia casa odorava di vernice, sembrava un grande ripostiglio, eppure aveva un fascino particolare. Le cose da bere, dentro una scatola di cartone, erano messe in un angolo della cucina. Quella casa dava l'impressione di accogliere un trasloco... scatole qua e là in cui Liliana metteva vestiti, scarpe e libri. Mentre Umberto e Liliana discutevano nel balconcino, Gavino e Cristina erano rimasti in cucina a sorseggiare una birra calda.

– Liliana dovrebbe comprare un frigorifero – sussurrò Gavino.

Cristina non disse una parola. Poi ingoiò la poca birra che le era rimasta nel bicchiere e sospirò. In quel momento arrivarono Umberto e Liliana.

– Da queste parti c'è odore di noia – disse Liliana guardando Cristina. Questa accennò un sorriso e posò il bicchiere vuoto in un tavolino. Poi Liliana continuò:

– Scusate la birra calda. In genere metto qualche bottiglia nel frigo del vicino... purtroppo per ora Gigi è in vacanza.

Gavino in quel momento era pieno di sé. Ogni tanto anche lui riusciva ad esserlo, quasi sempre senza nessun motivo apparente. C'erano momenti in cui guardandosi attorno avvertiva ogni cosa come picola e insignificante. In quei momenti era capace di fare qualsiasi cosa. Quella volta si alzò con una certa sicurezza e levò in aria il grosso bicchiere vuoto, come per brindare. Però rimase immobile, un secondo o due. Nessuno poi capì perché lasciò cadere il bicchiere... lo fece deliberatamente. Come poi era solito accadere in occasioni analoghe, l'onnipotenza lo abbandonò quasi istantaneamente e si sentì un fallito. Si asciugò le lacrime e scappò via.

Umberto non riuscì a trattenere un'espressione severa.

Liliana con una certa indifferenza scopò i frantumi di vetro finiti dovunque nella stanza.

Cristina ebbe il timore di non rivedere più Gavino o, che è peggio, di immaginarlo troppo spesso senza poterlo più rincontrare.

Capitolo 7

Mentre Umberto dormiva Cristina rimaneva nell'ingresso della pensione. Questo sino all'una di notte. Poi anche lei andò a letto. Non poteva immaginare dove stesse Gavino e non le sembrava sensato pattugliare le strade notturne. In realtà il 'fallito' non aveva scelta. Se Cristina avesse riflettuto sarebbe andata a cercarlo da Liliana. Gavino infatti aveva bussato alla sua porta verso le dieci e lei lo aveva fatto accomodare...

–Vuoi una birra? Però è calda.

– No, per carità! – aveva risposto lui guardando in basso. Poi alzò gli occhi e si accorse, guardandola, di non avere scampo. La accarezzò e si scusò del bicchiere... poi continuò a sfiorare la pelle chiara del suo viso...

Non vi era motivo per lei di resistere... erano carezze che sapevano di confessione. L'unica possibile per Gavino, perché solo le scelte si possono spiegare a parole.

*** ***

Liliana era più affettuosa e gentile nella vita che a letto. Questo piaceva molto a Gavino perché era convinto che la dolcezza e l'affettazione fossero un modo truffaldino di porsi verso gli altri... amò vedere Liliana spogliarsi, sinceramente e senza nessuna ipocrisia. In quelle forme vi era ciò che ogni bambino può trovare in un tramonto o in una passeggiata, in un viaggio o in una scommessa. A lui, adulto, tutto ciò gli si presentava contemporaneamente. Passeggiare in quei boschi, tremare e vincere ogni scommessa era ciò di cui Gavino non si sarebbe mai saziato. In sua coscienza erano gli ultimi viaggi e le ultime passioni che gli restavano da vivere. Il mondo reale era tutto lì, nella donna-multispecchio... immagini e sensazioni che solo da piccoli si ha la forza di cercare nelle giuste direzioni.

Al mattino Liliana trovò un bigliettino: " Vado alla pensione prima che Cristina e Umberto se ne vadano al lavoro. Vorrei parlarti. Passo a pranzo". Liliana non aveva l'età di Gavino, ma non era neppure tanto piccola. I suoi venticinque anni l'avevano resa, in fatto di uomini, più saggia di quanto non sembrasse. Aveva capito che quell'uomo così ermeticamente immune ai giudizi esterni aveva ancora troppo dentro sé per lasciarlo imprigionato nei meandri della sua coscienza. Nella fluidità dei suoi procedimenti mentali, Liliana aveva intuito che Gavino non avrebbe mai accettato di aprirsi con una donna. Ora lei, seduta storta e con la faccia appoggiata al libro di anatomia, aveva un senso di nausea nel guardare ogni tanto quella rete di muscoletti e di tendini. Non dicevano nulla su Gavino... suonarono le dieci.

Suonarono le undici...

...suonò l'una.

Solo alle sette di sera suonò il campanello. Gavino era sereno.

— É stato un bel concerto — disse soddisfatto — abbiamo suonato meglio di giovedì.

Liliana era visibilmente contenta. Guardava Gavino e sentiva di non averlo perso.

– Mi fa piacere che vi siete riconciliati. Temevo di doverti mantenere...

– Lo avresti fatto?

– No! Ho pochi bicchieri...

I due sorrisero e si avvicinarono alla finestra con un fare misterioso. Sembravano due calamite ancora troppo distanti per attrarsi definitivamente. Gavino guardò fuori e disse:

– Se ti va, vorrei stare qui da te. Sono io che ti voglio mantenere... E poi adoro questa finestra. Si vedono proprio quei vicoli e quelle piazze di Teste che conosco meglio.

Il vetro rifletteva il viso di Liliana. Quello sguardo, sovrapposto a un mondo di strade, piazze e giardini, ricopriva di calore tutte le sofferenze patite nella nuova vita di Gavino. Anche Liliana lo osservava attraverso il vetro e le sembrò un tipo troppo bizzarro e geniale per non acconsentire di accoglierlo in casa. Era un pazzo, magari un maniaco, ma buono e innocuo quanto saggio e vivo. Liliana non riuscì a dire molte cose sensate:

– Io credo di... sì, insomma se non me lo chiedevi te lo avrei chiesto io. E poi non mi sembri il tipo che ha bisogno di chiedere queste cose... questa mattina ero ancora frastornata da qualcosa di enorme. Fai tutto ciò che vuoi... non posso negarti nulla se tu non mi neghi nulla.

Sembrava che le parole le scivolassero dalla lingua come a un contadino può scappare la zappa dalle mani sudate.

– Attenta con queste parole, puoi farti male se ti cadono nei piedi! Cosa vuol dire che io non ti devo negare nulla?

Liliana restò immobile e poi scoppiò in una risata isterica. Era bellissima con quella magliettina scollata che la copriva quasi per miracolo. Gavino a furia di pensare che quella lingua fosse scivolosa si era già eccitato. Adesso era solo un dolce soffrire. Liliana si ricompose e lui la sentiva più vicina. Aveva gli occhi già socchiusi e il seno che trasmetteva infinitesime vibrazioni, scoppiettando come fa il fuoco di un camino quando viene alimentato col soffio. Era il respiro di Gavino. Le due calamite si avvinghiarono così velocemente che nessuno le avrebbe potute più staccare.

E così fu un rapporto sessuale pieno di piccole e intense scosse elettriche, una serie ininterrotta di fuochi di artificio in miniatura. Ma poi fu una passeggiata su di un prato alboso e una caccia al tesoro. Fu la scommessa di chi arriva primo e il sereno e mite guardare le nuvole... Liliana era piena di "specchi" e Gavino finì col dirglielo.

– Non ho mai incontrato una donna come te. Sei piena di specchi...

Lei lo guardò incuriosita e ebbe voglia di dirgli che anche a lui stavano scappando parole insensate dalla bocca. Succhiò l'aria, ma subito si fermò e non disse nulla. Si girò nelle coperte e pianse, forse di gioia. Gavino la sentiva singhiozzare e si commosse. La abbracciò da dietro e si addormentarono.

Capitolo 8

Cristina non aveva preso tanto bene quella relazione. Sapeva che si avvicinava il giorno della partenza da Teste. "Non si può stare in una cittadina come questa per più di una settimana. Poi la gente si stufa", pensava lei preoccupata. Umberto le ripeteva spesso che la presenza di Gavino non era indispensabile visto che fino ad allora ne avevano fatto tranquillamente a meno. Però Cristina sentiva di non volere chiudere con chi l'aveva scossa e a volte profondamente turbata. Era questa la differenza tra Umberto e Cristina. Lui considerava Gavino come un collega di talento, ma un po' instabile e di cui ci si deve fidare poco. Cristina lo considerava invece come qualcuno su cui lei sentiva di potersi appoggiare, pur essendo, quello, un appoggio del tutto instabile. Essa provava come il desiderio di vivere lo stesso suo pazzo percorso. Ricordava con piacere i giri nelle montagne russe che faceva da piccola col padre e le sembrava di provare con Gavino analoghe sensazioni. Si sentiva tranquilla... ogni giro per quanto pazzo e spericolato l'avrebbe poi riportata a terra.

Ma i giorni passavano e Umberto aveva già deciso la città in cui continuare a lavorare. Era giusto partire perché negli spettacoli si cominciava a racimolare troppo poco. Pur essendo già stato stabilito che quella era l'ultima mattinata di lavoro, Gavino si trovava impreparato sulla decisione da prendere. Arrivato alla pensione aspettò come al solito davanti all'ingresso. Scese Cristina senza il compagno. I due non si guardavano che con la coda dell'occhio.

– Dov'è Umberto?

– Arriva fra poco. Sta definendo con l'albergatore... Domani cosa fai, vieni con noi?

– Non me la sento di piantare Liliana.

– Se resti non hai prospettive.

– Non ne ho mai avute, da quando sono partito.

Cristina era a terra e lui sopra la giostra... lei non poteva che stare a guardarlo per poi andare via senza neppure vederlo ridiscendere. Provava invidia per la sua situazione. Si sentiva di essere tristemente al sicuro. Eppure quando Umberto uscì lei lo trovò affascinante e si consolò pensando al suo amore per lui. Ma era tuttavia, più che altro il ricordo di un amore. I tre camminavano in silenzio e Gavino non si concedeva il lusso di pensare. Cristina pensava anche troppo e Umberto sembrava un fantasma al comando.

Il concerto fu tanto bello quanto poco redditizio.

– Cosa hai deciso di fare? – chiese Umberto a Gavino. Questo gli rispose come rispose a Cristina e Umberto sembrò tradirsi con un lievissimo sorriso. Un po' sul serio e un po' per rimediare, aggiunse qualche soldo a quelli appena guadagnati e si rivolse a Gavino con un tono molto paternalistico:

– Prendi questi allora, non sono molti, ma ti basteranno per una settimana. Se resti da Liliana non avrai molte spese, ma non farti mantenere. Trova qualche lavoretto e non finire mai come ti abbiamo trovato.

Gavino guardava Umberto come un cane randagio può guardare chi lo prende, lo cura, lo coccola, gli trova una cagnetta e poi lo rigetta nei cumuli di spazzatura con un grosso osso in bocca. Ebbe terrore di quella visione e si sentì di nuovo un uomo-cane. Non potè accettare l'osso per colpa di quella metà di uomo che gli era ancora rimasta dentro. Cristina ebbe come l'impressione che Gavino fosse volato giù dalla giostra. Gavino, dal canto suo, si era quasi pentito di una decisione che aveva preso a casaccio. Però si sentì via via rinascere quando con la mente sempre più lucida finì con l'associare Umberto e Cristina ai propri ex colleghi di lavoro e al capo di quella industria di apparecchi elettronici che lui sentiva di avere ormai orgogliosamente mandato al diavolo. Il suo sguardo sempre più fiero fece capire a Cristina di averlo perso per sempre, lui che era già fuggito dai propri parenti, dalla propria donna, dal proprio lavoro e dalla propria città. Lei e Umberto erano un pezzettino di quel mondo che Gavino non poteva più vivere. Anche Liliana un giorno avrebbe fatto parte di quel mondo. Cristina capì che Gavino non era altro che un anti-uomo il quale, invece di vivere dentro una sua realtà, aveva sì il coraggio e la forza di averne una, ma per starne poi completamente al di fuori. Gavino costruiva giorno per giorno un universo da non vivere, come chi edifica un castello iniziando dalle pareti interne e procede via via verso la facciata che non verrà mai conclusa. Visto sotto quest'ottica, era all'antitesi rispetto a quelli che, per meschinità o per eccessiva prudenza (continuando sempre con la metafora), recintano uno spazio quanto più grande possibile per poi costruirvi progressivamente una facciata, i muri separatori, il mobilio, tutto il resto e alla fine provano ad esistere.

–Gavino non potrà mai vivere nel castello incantato della propria vita – pensava Cristina che già, in cuor suo, sentiva di amarlo. Ma era un amore privo di alcun fondamento e che l'avrebbe sotterrata di macerie se avesse provato a trovarvi dimora. Bisognava ammettere che quella giostra era disastrosamente pericolante... bisognava davvero rinunciare a salirci.

Non durò a lungo questa compiaciuta consapevolezza.

L'ultimo sguardo di Gavino fu per Cristina violento e inaspettato. Le arrivò fin dentro le viscere proprio quando il cervello dello stesso corpo aveva deciso di rinunciare a salire in quella giostra da strapazzo. Il salutato di Umberto consistette in una forte stretta di mano. Quanto a Cristina, era Gavino che senza nemmeno sfiorarla le aveva ristretto ogni orizzonte. Lo vedeva andarsene con quel suo tipico andamento un po' a zigo-zaga con nessuna possibilità di fermarlo. Lei si sentiva di non riuscire ad aspettare neanche un minuto. Il treno delle otto e un quarto non poteva essere più remoto. Tutto era insopportabile, come quella notte da passare in pensione, nel letto di Umberto...

Capitolo 9

La mattina dopo nella buca di Liliana c'era una lettera indirizzata a Gavino. Era scritta da Cristina.

Caro Gavino,

come già sai sono del tutto priva di senso dell'umorismo quindi non potrò rendere questa lettera né leggera né piacevole. Tra l'altro il contenuto non me lo permetterebbe. Il fatto è che non ho proprio idea di come potere continuare a vivere senza vederti più. Credo di essermi lasciata andare all'idea di trovarti sempre vicino a me, forse per proteggerti o per essere protetta... non lo so, sono molto confusa. Non ti ho mai desiderato come uomo e non oso neppure pensare come sarebbe stare con te... tutto questo non mi interessa, ma non mi tratterrei di certo se tu volessi questo da me. Vorrei averti sempre accanto a qualsiasi costo, capisci quello che voglio dire? Ti prego di non giudicarmi per quello che sto per dirti. Umberto è in ospedale a causa mia. Ti spiego tutto oggi alla solita pensione. Vieni alle quattro.

Cristina

— Perché la strappi? — chiese Liliana.

– Non le conservo mai le lettere. Spesso è faticoso leggerle, figurati rileggerle a distanza di anni... quando sei quasi riuscito a dimenticarle!

– È successo qualcosa di grave?

– Sì, Umberto è in ospedale. Cristina vuole che io l'aiuti questo pomeriggio a comprare alcune cose e mi deve parlare.... forse di lavoro. Ahh... dice che, se vuoi, puoi andare a trovare Umberto in ospedale, oggi alle quattro.

Gavino non si curò nemmeno di essere convincente. Liliana fu gelosa e gli propose di andarci assieme da Cristina.

– No, non ha senso. Cristina deve parlarmi di lavoro. Se non vuoi andare da Umberto non importa.

– Mi hai appena detto che forse era una questione di lavoro. Adesso come fai a esserne così sicuro?

– Non mi piace questa discussione. Se proprio vuoi venire con me fallo pure.

– No, scusa...

****

La strada lo portava da Cristina come il papà porta per l'ennesima volta il figlio a scuola... un figlio che la strada ormai la sa a memoria. L'asfalto e i muri delle case non parlavano, ma sembravano prendergli la mano e condurlo seriamente verso la via del dovere. Gavino aveva preso male la lettera, non perché intavvedesse in essa un gesto troppo plateale di una donna vinta e costretta ad umiliarsi, ma, al contrario, per il fatto che Cristina gli aveva confessato di non desiderarlo affatto. Gavino si domandava come dovesse ora comportarsi con una donna che gli dichiarava un amore, senza amore. Cosa voleva da lui? Forse era una donna senza specchi. A che serve una donna senza specchi?

— Buona sera, cerco la signorina Cristina Miraglia.

— Si accomodi, secondo piano.

I gradini ad uno ad uno facevano da conto alla rovescia. La porta era socchiusa.

— Ciao Cristina, dimmi tutto.

— L'altro ieri ho aperto la busta del latte ed era avariato. L'ho messo da parte perché al negozio me lo avrebbero cambiato. Poi invece l'ho dimenticato lì dov'era. Ieri sera ho preparato un frullato e ci ho messo dentro quel latte. Ad Umberto i frullati piacciono da morire, io invece li detesto. Una buona scusa per farlo bere solo a lui... ti prego non odiarmi, era l'unico modo per non partire.

Gavino sorrise essendo tutto ciò davvero assurdo. Poi guardò Cristina e non capì cosa fare. L'avrebbe abbracciata se non gli avesse scritto che non lo desiderava come uomo. Invece cambiò espressione e la sgridò, anche in modo pesante. Lei sembrava una gazzella innamorata di un Leone, dilaniata dai denti affamati di chi non poteva certo rinunciare ad una occasione così inaspettata e lieta. In realtà Gavino recitava una parte. Lei piangeva a singhiozzi e lui, certamente a malincuore, ma faceva pur sempre il moralista. Fu odioso...

— So perché fai così — disse ad un certo punto Cristina — hai paura di non sapere cos'altro fare. Con una donna sai solo scoparci, sei un animale!

Gavino si ammutolì. Si rese conto di avere per tutto il tempo urlato seza guardarla mai in faccia quella donna disperata. Lei ora abbassava lo sguardo al contrario di lui che continuava a tenerlo sempre alto e fiero. Pur non essendosi comunicati nulla, i due non avevano più niente da dirsi.

Gavino mentre scendeva le scale aveva paura di non centrarli quei maledetti gradini e di cadere come un fesso spaccandosi qualche osso. Si accorse di vedere tutto appannato. Era stato centrato e ferito dalle piccole corna di una gazzella in fin di vita. Risalì su per le scale, entrò per la porta spalancata e la vide nel letto con la faccia rivolta verso il materasso e la testa ricoperta dal cuscino, umiliata, singhiozzante ma ancora perfettamente in vita. Amò guardarla così, senza farsi scoprire, per qualche secondo.

– L'ho capito che sei lì – disse infine lei con un filino di voce, da sotto il cuscino.

L'atmosfera era diventata più tollerabile.

– Se Umberto non sta molto male in fondo hai avuto una bella trovata – rispose lui molto amorevolmente.

– Di latte ne ho messo poco, gli voglio bene a Umberto.

Cristina si sedette ai piedi del letto, con la testa bassa. Gavino si mise accanto a lei e le asciugò le lacrime con dei piccoli baci che, per questo, sapevano di sale. Anche la lingua era salata. Cristina era come Gavino se la era immaginata... non aveva specchi. Lui non aveva mai provato una simile sensazione: era davvero la prima volta che faceva l'amore con una donna e non con un paesaggio, un cerbiatto, un gioco o un fiume. Fu veramente una novità, nell'atto di fare l'amore, non sentirsi come un bambino che rinuncia a tutto per giocare con gli specchi puntati dovunque. Questa volta lei, a differenza delle altre, non sostituiva il mondo reale con un surrogato fatto di deboli e vaghe sensazioni. Offriva piuttosto un vero e triste mondo da scoprire, amare e conquistare.

Capitolo 10

La vita con Liliana era per certi aspetti non molto dissimile rispetto a quella che Gavino aveva condotto con Lisa. La telefonatina, l'obbligo delle parole e il miracolo dell'erezione rendevano i giorni meno monotoni. Del resto Liliana aveva un corpo da puttana ed era bello sentire per lei un desiderio così carnale. Gavino adorava le forme e gli odori di colei che piano piano gli aveva fatto spazio fra i propri cumuli di incertezze. E lui che da barbone aveva vissuto nelle immondizie sapeva essere contento anche in mezzo a tanta paura. Il mattino la baciava col vigore di chi, in cambio di tutto, sa di non potere offrire altro che stati di ebrezza,tali da stordire e intontire il benefattore.

A lungo andare Gavino capì che tutti i benefici di quella sistemazione li stava pagando a caro prezzo. Quel modo di esigere sicurezze rendeva Liliana incapace di autosostenersi.

Arrivò il freddo. Cristina ormai era andata via da un pezzo e la casa di Liliana assomigliava sempre più a una tana in cui Gavino mangiava, dormiva, amava e moriva. Il buio, le insegne accese sin già dal pomeriggio, le passeggiate impedite subito dalla pioggia e tutti quei vestiti in più... diventava tutto intollerabile. Le casse di frutta trasportate sulle spalle erano quasi uno svago, era un lavoro come un altro. Gavino aveva scritto ai familiari, agli amici, ai colleghi e a Lisa, ma senza specificare dove si trovava, pur sapendo che lo avrebbero appreso dal timbro postale. Voleva forse farsi cercare e per questo non poteva che scappare via. Decise senza interpellare Liliana e partì alla volta di Salona. Non era un caso se lì sapeva di incontrare Cristina. Per lui il pensare era diventato faticoso. Aveva bisogno che almeno per un po' qualcuno pensasse per lui.

Mentre il treno galleggiava Gavino si sentiva pesante. Aveva in mano un libro e tentava disperatamente di leggerlo. Un signore (l'unico oltre a Gavino nello scompartimento) si prese la confidenza di dire:

– Lei sta leggendo " Il volo dei vermi ". Amo questo libro. L'ho letto tre o quattro volte. Il messaggio è molto profondo, capisce... i vermi siamo noi. Siamo dei vermi con le ali...

– Con questo libro è possibile volare, sono daccordo con lei.

Il signore sbigottito osservò Gavino strappare una pagina e costruire con essa un piccolo aereoplano.

– Lo vede come vola bene? Peccato, però, ci vorrebbe più spazio. Lei per esempio è molto invadente! Senza di lei questo libro volerebbe meglio.

– Lei invece è un cafone ignorante...

– E lei... è... semplicemente un verme. Non l'ho detto mica io, tra l'altro!

Mentre quel signore parlava ad alta voce di morale e di giustizia, invocando tra l'altro il rispetto dei libri e della cultura, Gavino non aveva la forza di rispondere. Perché quel tipo se la prendeva tanto? Lo osservava mentre diventava rosso e poi pallido e infine fiero per il fatto di avere ammutolito l'avversario. Mentre il signore continuava a borbottare Gavino si sentì emozionato. Quel tipo con gli occhiali gli faceva quasi tenerezza, tanto se l'era presa. Forse era uno scrittore o un poeta... poi però il ronzio continuò e Gavino dovette mettervi fine:

– Ora basta... provi un pò a chiudere la bocca.

Il tipo borbottò come fa il motore delle automobili quando viene spento. Ci fu una coda di ronzio di entità via via decrescente:

– BRUM BRUM BRUM BRUM BRUM

... e poi il silenzio. Il treno continuava a galleggiare e Gavino si sentì leggero. Ritornò a leggere e fu contento di trovare quelle pagine scorrevoli. Il tipo, che nel frattempo si era calmato e in cuor suo riconosceva di avere esagerato, prese l'areoplanino e lo aprì. In quella pagina si leggeva soltanto " Capitolo quinto ". Gavino, che con la coda dell'occhio aveva assistito alla scena, si rivolse al signore in tono molto confidenziale.

– Non volevo offendere la sua sensibilità. È un buon libro. Piace molto anche a me. Questo quinto capitolo oltre tutto mi sembra particolarmente interessante.

– Piacere, mi chiamo Girolamo Pezzetti.

– Piacere, Gavino. Mi tolga una curiosità: lei di che cosa si occupa?

– Sono un giornalista, comunque dammi del tu. Scrivo per un piccolo giornale " La voce di Salona". Mi occupo del settore Cultura e faccio le critiche degli spettacoli e dei concerti, ma anche delle nuove uscite editoriali.

Girolamo parlava con orgoglio del suo ruolo nel giornale e Gavino intuì che in fondo non era un buono a nulla, sebbene si desse un poco di arie. Quando Gavino fu invitato a parlare di sé rispose così:

— Io mi occupavo di elettronica. Adesso da un po' di tempo sono gli altri che si occupano di me. Non che io non lavori, a parte un periodo in cui sono stato fermo, però sono lavori che mi permettono di non lavorare veramente. Non so se mi capisci.

— Per esempio?

Gavino sorrise e disse senza sperare di essere capito:

— Spaccio un po' di estasi, senza vendere droga ci mancherebbe altro. Almeno spero... se non è estasi sarà qualcosa di meno forte. È uno spaccio metaforico, comunque.

— Hai un modo di parlare troppo ambiguo e non mi piace molto. Se vuoi essere inquietante ci riesci benissimo.

— Girolamo, credimi, non so cosa dirti. Salona non la conosco affatto e stasera non so dove dormirò. Spero di incontrare una mia amica, altrimenti sicuramente non crolla il mondo... cercherò una pensione. Tu puoi consigliarmene qualcuna?

— Non precisamente. Comunque basta chiedere. Sembri un po' disorientato... beh forse ho capito. Scusa se te lo chiedo, ma questa amica è davvero un'amica?

— Sì... diciamo che è una amica particolare.

– Hai lasciato il lavoro per lei? L'ho capito subito. Anch'io lasciai il lavoro per mia moglie, soltanto che allora facevo il commesso in una salumeria. Ero giovane e senza ambizioni. È stata lei a migliorare la mia condizione. Mi ha dato coraggio trasmettendomi quella fiducia in me che lei sentiva di avere. Inoltre...

Mentre Girolamo parlava Gavino chiuse gli occhi e si lasciò andare ad un sonno profondo. Però poco prima di lasciare lo stato di coscienza si domandava come fosse possibile che Girolamo continuasse a parlare da solo. Lo sentiva parlare della propria vita, di profonde passioni e dissidi interiori. Quando poi si svegliò lo vide discutere appassionatamente con una bionda.

– Ti sei svegliato finalmente – disse il giornalista in tono di beffa – Abbiamo risolto la tua situazione. La signorina va a Salona in una pensione grazziosissima, economica e confortevole dove tra l'altro si mangia bene. Cosa vuoi di più?

– Piacere, mi chiamo Patrizia. Girolamo mi ha detto che sei un tipo strano. Sarà vero?

– Non mi risulta. A te come ti sembro?

– Fin'ora normale. Però l'aereo di carta? I discorsi assurdi? La rinuncia del lavoro per una ragazza? E poi tu che ti addormenti mentre Girolamo ti parla? Quella scena l'ho vista io personalmente. Non mi sembri molto normale obiettivamente.

– Sarà! Comunque ora scusate, devo fare una cosa normalissima. Vado a sciacquarmi la faccia.

Patrizia lo osservò mentre se ne andava e trovò che anche quei movimenti un po' sgangherati non erano normali. Ormai non c'era modo di vederlo diversamente.

Le persone si giudicano strane solo quando sono incomprese. E Gavino era incompreso, oltre che dagli altri, pure da se stesso. In quello specchio del bagno ebbe difficoltà perfino a riconoscersi, tanto era sconvolto (come dopo ogni pisolino).

Tornò nello scompartimento con un'aria più tranquilla. Girolamo e Patrizia non si parlavano più e sembravano due perfetti estranei. Mancavano pochi minuti per arrivare e ci si trovava in quel singolare patema d'animo che in genere amplifica questi momenti di pre-arrivo. Ognuno si chiude in sé e ci si sente a terra, fra le braccia di chi ti aspetta o nella fossa dei leoni.

Capitolo 11

Neanche il tempo di osservare i palazzi davanti la Stazione. Patrizia aveva una fretta inaudita.

– Avanti sbrighiamoci, vorrei arrivare presto in pensione, mi aspetta una giornataccia.

La metropolitana accompagnava Patrizia e Gavino senza galleggiare. Tutte quelle scosse e gli arrivi così bruschi, la gente al di qua e al di là del vetro... le persone... come mucche in una stazione di smistamento.

– Come si chiama la pensione? – chiese Gavino a Liliana.

– Pensione Pit & Sit.

Gavino e Patrizia erano seduti in due poltroncine l'una davanti all'altra e malgrado questa simpatica disposizione, guardavano dovunque, ma non si guardavano in faccia. Gavino stava addirittura osservando il buio oltre il finestrino. Superata la galleria venne fuori una luce giallognola. Il metrò sostava con gli sportelli aperti che accoglievano le mucche. Oltre il brusio del bestiame, alcuni suoni conosciuti...

Quelle note così chiare non lasciavano dubbi. Gavino non immaginava di ritrovarsi così presto con i suoi due veccchi compagni. Del resto quella musica era inconfondibile: un brano che lui non amava affatto. Ricordò che impedì più volte a Umberto e Cristina di suonarlo insieme a lui nella piazza di Teste. Ancora i due non si vedevano. Nascosti in mezzo alla folla, continuavano a suonare quel brano odioso. Fu una sensazione davvero strana, un misto di piacere e disgusto: i due ex colleghi, nel scegliere quelle note, stavano ammettendo la fine di un connubio che un giorno li vedeva trionfanti, tutti e tre assieme. Ora, da perdenti, suonavano come i tanti barboni che certamente, nello stesso momento, occupavano tutte le altre stazioni del metrò. Era una vittoria, al pari di una sconfitta perché lui era lì per loro. Gavino era come sospeso in pensieri così intrecciati da rendergli inpossibile il ritorno alla realtà. La conclusione di quei pensieri fu demoralizzante: – Se era per suonare nel metrò potevo starmene a Teste.

Il vagone ricominciò lento lento a muoversi e Gavino intravvide Cristina ballare. Sentì di non potere rinviare oltre. Patrizia non era altro che una mucca dalle grosse mammelle con una fretta ingiustificata di andare a farsi macellare dalla realtà. Gavino non poteva più inseguirla e scese alla prima fermata. Patrizia nel credere che lui si fosse alzato per chissà quale motivo non gli aveva detto nulla. Pensava che volesse sgranchirsi le gambe rimanendo un po' in piedi o qualcosa del genere. Invece lo vide già fuori dal finestrino con lo sguardo puntato verso lei. Il vagone lentamente aumentava la distanza che li avrebbe definitivamente separati.

Gavino si accorse che dappertutto era pieno di barboni che strimpellavano un piffero, un tamburello o che più sempliemente chiedevano l'elemosina. Sentì ribrezzo nel pensare che anche lui un tempo stava per finire così e riconobbe di dovere molto a Umberto e Cristina.

Quando li raggiunse non era come aveva immaginato. Li osservò da lontano riscuotere quel successo che nessun barbone può mai sognare di avere. Era un valzer. Cristina ballava con una scopa. Era bellissima. Umberto suonava con fierezza. Gavino non sentiva più, nei loro confronti alcun sentimento di superiorità. Finì il pezzo e i tre artisti si incontrarono. Fu più che un normale incontro. Nessuno riuscì a nascondere l'emozione. Cristina aveva gli occhi lucidi. Gavino la immaginava nuda. Umberto chiuse tutti gli ogetti da lavoro in un borsone e disse:

– Per oggi basta lavorare. Andiamocene in qualche posticino grazioso e stiamocene tranquilli e seduti. Ci racconteremo tutto.

**** ****

Tre amari in un tavolino aiutavano tre persone dagli animi altrettanto difficili da deglutire a scambiarsi notizie di vita dentro un bar. Gavino parlava di Liliana. Cristina spiegava come fosse difficile col freddo esibirsi in piazza e giustificava così la scelta di lavorare dentro i corridoi sporchi e risonanti della metropolitana. Umberto parlava dell'esigenza di fare qualcosa di diverso, ma era un discorso senza spina dorsale. Quelle parole sembravano scaglie di cioccolato che imbruttiscono un dolce di per sé già poco attraente. I tre sapevano di valere, ma avevano troppo poco da dirsi. Se non fosse stato per il gesto di prendere il bicchiere portarlo alla bocca, bagnare le labra e riposarlo nel tavolino, i tre sarebbero morti di noia.

Eppure Cristina, che aveva sperato ogni giorno di ritrovarsi accanto Gavino, ora era felice di saperlo vicino. Lo guardava assai di rado come un bambino che non vuole consumare il lecca lecca e solo ogni tanto lo degna di una ciucciata. Gavino dal canto suo trovava insopportabile non avere nulla di bello da dire e, per darsi comunque un tono, parlò poi a lungo dell'intenzione, in verità inesistente, di stare lì solamente un paio di giorni per poi ritornarsene a casa. Cristina, come molte donne sono solite fare, in quei momenti prevaricava le proprie doti intuitive a favore della fede in quelle parole così definitive e risolutorie con le quali Gavino sembrava tentare di liquidarla. Egli sapeva bene che ogni donna, per quanto intelligente, difficilmente può accettare di credere che un uomo ama davvero se le parole che pronuncia vanno in tutt'altra direzione. Cristina era in questo simile a ogni donna... pesava maledettamente ogni sillaba. E così accadde che Gavino, nel dichiarare la fuga e nel discorrere dei motivi che lo spingevano verso il passato, si ritrovò stupito di provare per Cristina quello che lei, negli stessi istanti, dentro sé sentiva morire.

– Sapevo che saresti tornato a casa, prima o poi, ma non immaginavo che quel giorno sarebbe arrivato così presto – disse Cristina mentre si alzava dalla sedia.

Umberto poggiò nel tavolino i soldi e chiese a Gavino se voleva dormire con loro.

– Dove siamo noi ci si trova bene... intendiamoci, è un posto come un altro, però, a me e a Cristina non ci trovi da nessuna altra parte.

Aveva un tono molto gentile. Gavino lo guardava con affetto e pensò che era davvero assurdo quello che stava succedendo. Umberto sembrava volere fare un piaere a Cristina. Forse inconsapevolmente era davvero così e, a pensarci, sembra impossibile poter credere che l'inconscio in quella occcasione avesse agito come il più razionale degli uomini. Egli infatti in quel momento le concedeva ciò che lei stessa sentiva di non volere più.

Si camminava in silenzio. Per lo più qualche volta Gavino scambiava una parola con Umberto, ma era un modo come un altro per parlare a Cristina. Quelle erano strade nemiche che Gavino sconosceva e che Cristina aveva più volte immaginato di percorrere col suo uomo–cane al guinzaglio. Ora ce lo aveva lì, del tutto libero e fiero... del tutto incapace di obbedire. Affranta e sensibilmente addolorata Cristina si sentiva impotente. Un pensiero comunque la rassicurava: quello per cui, in mezzo a tanta confusione mentale, si imponeva la certezza assoluta di non voler essere violata da un uomo che per nessuna ragione al mondo avrebbe più potuto toccarla.

Questo pensiero di conforto, però, scomparve insieme a Gavino quando questo se ne andò nella sua stanzetta. E fu allora che, anzi,

Cristina, sentendosi indesiderata, sognò disperata qualche dolce carezza.

Nella sua stanza, Gavino tentava di capire che cosa adesso poteva aspettarsi dalla vita. Pensò che non c'era via di ritorno se non quella del vero ritorno. Non che ne avesse il bisogno. Era piuttosto a corto di spirito per continuare a vagare senza meta. Non voleva più credere a se stesso, ma non nel senso he non ci contava... piuttosto incomincciava a credere che ritrovarsi è solamente cercare di ricostruirsi. Guardò un quadretto un po'storto che raffigurava una barchetta di pescatori. Ebbe un senso di tristezza nel pensare che quello scognito pittore, dipingendo, ha creduto davvero di galleggiare. Provò amarezza nel pensarlo intento in un opera che, conclusa, avrebbe dato gioia ai suoi piccoli figli, riuniti a festa per osservare orgogliosamente l'opera del papà. Poi pensò che probabilmente di quei quadri ne faceva tre o quattro al giorno. Immaginò quelle poche lire che se ne potevano ricavare e vide quel quadretto trasformarsi in un'insalata e una fettina di carne. Era la fame.

A cena i tre sembravano sereni. Avevano portato nella camera di Umberto e Cristina un bel po' di pietanze. Gavino aveva lasciato nel piatto quasi tutto perché si era rovinato la fame con una tavoletta di cioccolato. In compenso quella sera aveva alzato molto il gomito. Umberto e Cristina non erano stati da meno.

– Dimmi Umberto, voglio sapere qualcosa di Cristina! Come scopa con te? È una puttana o è un sacco? Le donne a letto non hanno vie di mezzo.

Umberto aveva le guancie rosse e la bocca umida di grasso. Gavino ascoltò la risposta come se venisse fuori dall'ennesima bottiglia semivuota che in quel momento stava fissando con monotonia.

– Sicuramente non è un sacco però devo dire che non è neppure una puttana: è una via di mezzo.

Cristina che non reggeva l'alcool sentiva come da lontano i discorsi su di sé e fu presa da una strana forma di solitudine. Si trovava ad un passo da due uomini che le erano appartenuti. Eppure sentiva quel particolarissimo desiderio di libertà che in genere si prova in un posto isolato e al tempo stesso tiepido e suggestivo. Lei, che non sentiva più la presenza dei due, finì col sognarli lontani e desiderosi entrambi di rivederla, risoprire il suo corpo nudo e respirare il suo alito. Umberto scomparve dietro la porta del bagno e lo si sentì vomitare. Cristina e Gavino si osservavano felici di ritrovarsi vivi.

– Ti vedo lontana, dove sei?

– Sono dove mi hai lasciata. Più puttana che sacco... lo sai.

Gavino ebbe la sicurezza di poterla ancora amare. Una donna senza specchi... quasi impossibile trovarne un'altra. Cristina quello che aveva da dire lo aveva detto. Si alzò e andò ad aiutare Umberto. Era lì, abbracciato al water, con la testa bassa e dai pantaloni gli si vedeva il fondo schiena. Lei gli accarezzò i capelli dicendogli sottovoce che era in cinta. Rimasero abbracciati e per un po' non si parlarono...

**** ****

Cristina e Gavino invece non solo non si parlarono, ma non si videro più. L'uomo-cane non finì mai di abbaiare. Si portò dietro il senso di essere un bastardo, acido, ruvido e senza speranze. Suo figlio no... non lo conobbe mai e non seppe comunque della sua esistenza. Lui, un piccolo bastardino al pari del padre... troppo ignaro di quanto la sua esistenza si trovasse lì fra le cose del mondo. Piccolo e felice, senza sapere il motivo di quella viva contentezza... ogni volta sopra un treno col senso quasi di galleggiare.